Gilbert **Delahaye** ◆ Marcel **Marlier**

martine

à la maison

casterman

• Découvre les personnages de cette histoire •

Martine

Joyeuse et curieuse, Martine adore s'amuser avec ses amis et son petit chien Patapouf, avec qui elle vit de véritables aventures et découvre le monde. Une chose est sûre : avec Martine, on ne s'ennuie jamais !

C'est le petit frère de Martine. Avec Jean, Martine se sent grande, et ça lui plaît beaucoup. En plus, tous deux s'entendent à merveille. Être grande sœur, c'est le bonheur !

Ce petit chien est un vrai clown ! Il fait parfois des bêtises… mais il est si mignon que Martine lui pardonne toujours !

MARLIER

Cet après-midi, les parents de Martine rendent visite à une amie.

– On fait un puzzle ? propose Jean quand leur voiture est partie.

– Bof. Les tiens sont trop faciles… et les miens trop durs. Une partie de Memory ?

– Impossible, il manque des cartes.

Les deux enfants soupirent. Que faire ?

Tout à coup, Martine sourit.

– Je sais ! s'écrie-t-elle. Si on faisait une surprise aux parents ?

– Un cadeau, tu veux dire ?

– Mieux… On pourrait nettoyer toute la maison pour leur retour !

– Bonne idée ! On commence par le salon ! Je recule les chaises pour faire de la place…

– Moi je passe l'aspirateur !

Le salon est tout propre ; maintenant la cuisine !

Martine frotte le carrelage avec de l'eau et du savon.

– Ouaf ! Ouaf ! aboie Patapouf, perché sur un tabouret.

– Non, Patapouf, réplique Martine. Tu ne peux pas descendre tant que le carrelage n'est pas sec. Sinon, tu vas tout salir !

La pièce la plus en fouillis… c'est la chambre de Martine!

Il y a des jouets partout!

Patapouf voudrait aider sa maîtresse, mais au premier jouet qu'il attrape… Boing! Le canard à ressort jaillit de sa boîte!

Martine se retient de rire… Patapouf a sursauté de peur!

– Tu sais utiliser le lave-linge ? demande Jean à sa sœur.

– Non… Mais on peut nettoyer les habits à la main et les passer dans la vieille essoreuse de mamie. Maman ne s'en sert pas, mais je parie qu'elle marche encore !

– Durs à faire tourner, ces rouleaux ! souffle Jean en appuyant sur la manivelle. Il fallait être drôlement costaud, autrefois !

Martine et Jean ont étendu le linge au soleil.

– Topaze aussi pourrait profiter du beau temps, fait remarquer Jean. Si on posait sa cage sur le rebord de la fenêtre ?

– Bonne idée ! En plus, il aura une belle vue !

– Miaou… Miaou…

– Bien sûr, Moustache, répond Martine en souriant, tu peux venir lui tenir compagnie !

– Il faut nettoyer toutes les chaussures ? demande Jean en frottant des bottes avec une brosse.

– Seulement celles en cuir. Oh… mais tu t'en es mis partout sur le visage ! Attention à ne pas salir tes vêtements, ça tache ! Regarde, même Patapouf est plus présentable que toi… On dirait qu'il a trouvé chaussure à sa patte !

Plus que deux heures avant le retour des parents…

– Si on veut accueillir papa et maman avec un bon dîner, il faut se mettre à la vaisselle.

– Toi tu laves, et moi j’essuie, propose Jean.

– D’accord, mais frotte doucement. Si les assiettes te glissent des mains, notre bonne surprise se transformera en grosse bêtise !

Au dîner, Martine et Jean serviront du jambon et du riz. Et il faudrait des ingrédients pour préparer un bon dessert.

– Le voisin pourra sans doute nous dépanner, dit Martine. Je lui téléphone !

– Voici du lait, du beurre et des œufs, annonce M. Dufrêne, qui sonne à la porte quelques minutes plus tard. La base de toute bonne pâtisserie !

Mais le lait ne sert pas qu'à cuisiner…

– Jimmy, Minette et Moustache ! appelle Martine. C'est l'heure de goûter !

Les trois chatons accourent ! Jimmy est le plus gros, Minette la plus sage, Moustache le plus drôle… Mais ils sont tous les trois aussi gourmands !

Et Patapouf, aime-t-il le lait ?

Les enfants se mettent juste à leur recette quand la pluie se met à tomber.

– Une averse ! Il faut rentrer le linge !

En moins de cinq minutes, le panier est rempli.

– Ah non, les chatons ! s'écrie Martine. N'en profitez pas pour faire les fous dans nos draps tout propres.

Bientôt l'heure du dîner.

– On pourrait faire des profiteroles, propose Jean, c'est le dessert préféré de maman.

– Bonne idée ! Suis la recette des choux dans le livre de cuisine. Pendant ce temps, je m'occupe de la sauce au chocolat.

Bientôt, une odeur sucrée flotte dans la cuisine. Tout le monde s'en lèche les babines… surtout Patapouf !

Jean remplit les choux de crème avec une seringue à pâtisserie. Puis, il nappe la pyramide de bon chocolat.

– Un vrai chef cuisinier, constate Martine. Tu mérites ta toque !

– Ouaf ! Ouaf ! intervient Patapouf, comme pour dire : « N'oubliez pas que je veux lécher la cuillère ! »

Il ne reste plus qu'à mettre la table.

Jean s'occupe des verres et Martine des serviettes.

– Je les plie en forme de fleur, dit-elle en s'appliquant, ce sera plus joli.

– Maman et papa se croiront au restaurant…

– Surtout si tu gardes ta toque ! réplique Martine avec un clin d'œil.

Cette fois, tout est prêt ! C'est l'heure des dernières vérifications !

– La maison est toute propre…

– … Le linge est sec…

– … Faisons-nous beaux, nous aussi, histoire d'être aussi parfaits que notre maison !

– Je sais ce qui manque ! s'écrie soudain Martine. Un beau bouquet !

– Des roses ? propose Jean en la suivant dans le jardin.

– Oui, et des œillets !

– Vite ! J'entends la voiture qui approche !

Les enfants n'ont même pas le temps de mettre les fleurs dans un vase…

– Bonsoir, mes chéris ! lance maman en ouvrant sa portière.

– L'après-midi s'est bien passé ? demande papa.

– Oui, on a joué aux cartes… rien de plus… répond Martine avec un sourire malicieux.

Retrouve martine dans d'autres aventures !

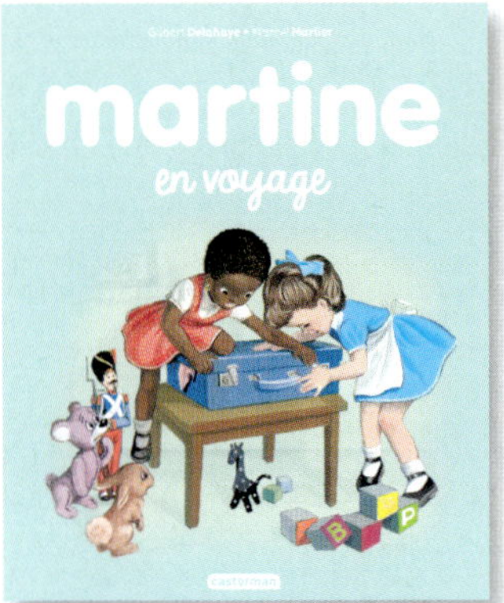

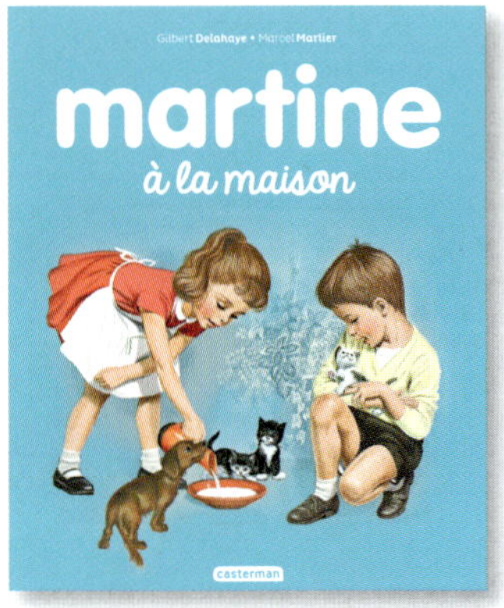

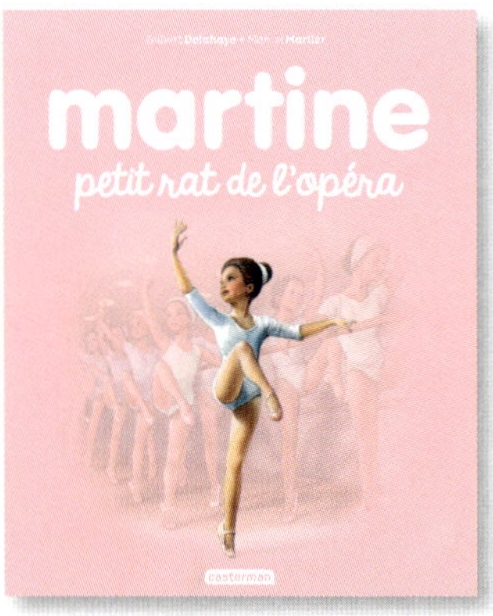

Gilbert Delahaye • Marcel Marlier
martine
fête maman
casterman

Gilbert Delahaye • Marcel Marlier
martine
et les lapins du jardin
casterman

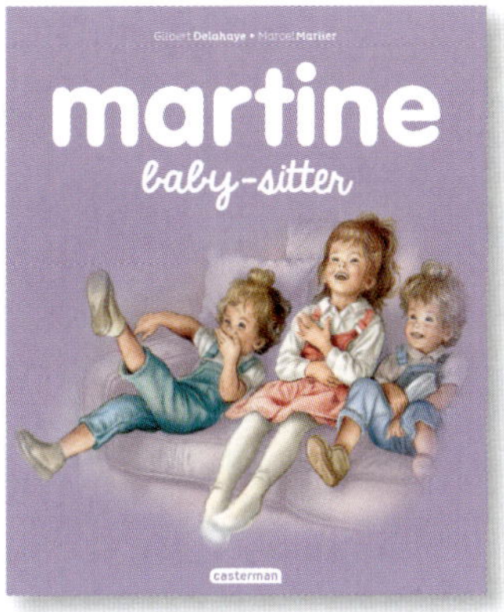
Gilbert Delahaye • Marcel Marlier
martine
baby-sitter
casterman

Gilbert Delahaye • Marcel Marlier
martine
prépare une surprise
casterman

Gilbert Delahaye • Marcel Marlier
martine
l'arche des animaux
casterman

Gilbert Delahaye • Marcel Marlier
martine
un amour de poney
casterman

Gilbert Delahaye • Marcel Marlier
martine
protège la nature
casterman

Gilbert Delahaye • Marcel Marlier
martine
et le prince mystérieux
casterman

Casterman
Cantersteen 47
1000 Bruxelles

www.casterman.com

ISBN : 978-2-203-10680-2
N° d'édition : L.10EJCN000494.N001

D'après les albums de Gilbert Delahaye et Marcel Marlier.
Achevé d'imprimer en décembre 2015, en Italie.
Dépôt légal : mars 2016 ; D.2016/0053/99
Déposé au ministère de la Justice, Paris (loi n°49.956
du 16 juillet 1949 sur les publications destinées à la jeunesse).